vida

Roberto Pérez-Franco

Ilustrado por **Margarita Cubino**

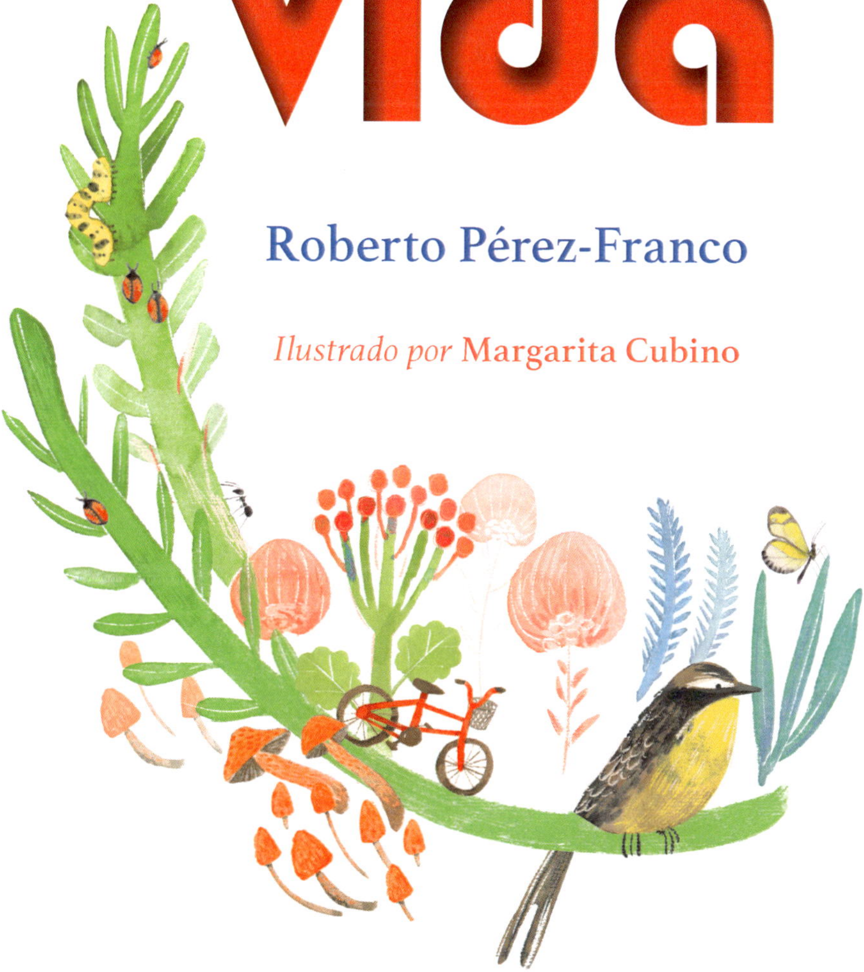

a mi padre

Toda vida es un experimento.
– Ralph Waldo Emerson

El niño guarda silencio. Mira cautelosamente, por encima de los pajonales, hacia el borde cercano del río. El agua, limpia y poco profunda, se desliza lenta sobre las piedras cubiertas de limo verde. Confundido sobre este fondo, reposando su corpulencia, descansa el sapo enorme y majestuoso. Es invisible para un ojo común, pero evidente para Héctor, maestro en atisbar sapos, ranas, iguanas y jicoteas.

Avanza a gatas, con sus rodillas hundidas en el fango, pensando en la envidia que sentirán sus compañeros si logra atrapar aquel bello ejemplar. «¡Qué sapón más grande y feo!», le dirán. Él se paseará orgulloso, portando en sus manos al gran rey del remanso. Un pasito más y estará al alcance de un brinco suyo. Verónica lo mirará fascinada, con asco hacia el sapo y admiración hacia él. «¡Qué asqueroso sapo trajiste, Héctor!», le dirá. Y la dulzura de su voz hará sonar este reproche como un íntimo halago.

Ya lo siente cerca,
ya casi está...
ya casi...

¡Ahora!

El niño brinca como un gato, con sus manos estiradas hacia el sapo, y cae de boca sobre las piedras verdes y el agua fresca que salta en mil gotas relucientes bajo el sol del mediodía. El sapo queda atrapado, indefenso entre sus manitas cuidadosas.

Empapado y adolorido, se incorpora. Levanta al sapo con satisfacción, y contempla largamente el batir de sus patas suspendidas en el aire. Le fascina su descomunal tamaño. Definitivamente, será la envidia de la clase. Más aún: será la envidia de la escuela entera. ¡Qué suerte haberlo atrapado! Toda la mañana —desde el mismo momento en que la maestra Angélica dijo, al final de la clase de Ciencias, que tenían que llevar un sapo al día siguiente— el inquieto niño no había hecho más que pensar en aquel sapo enorme y bello que tantas veces había visto nadando, brincando, comiendo mosquitos... ¡En fin! Lo conocía muy bien. Conocía cada mancha de su cuerpo, cada arruga. Conocía sus hábitos Se deleitaba observando, escondido en el monte, el juguetear del sapo en el remanso tranquilo del río. Era como un compañero en sus tardes de ocio. Y ahora tenía la oportunidad de lucirlo como un trofeo frente a Verónica.

—¡Verás qué linda es! Parece un angelito —susurra el pequeño Héctor junto a la cabecilla húmeda del sapo, que se limita a responder con un parpadeo veloz y asustado.

Con mucho tacto, mete al animal en una bolsa de plástico, y monta en su vieja bicicleta, que emite un chirrido sobre el camino de tierra, como un puerco de monte herido, hasta que llega a la casa de quincha, perdida en medio del potrero.

Héctor llega a la escuela temprano ese día, primero que todos. «¡Páreme temprano, mama, que quiero llegar de primerito!», le había dicho la noche anterior, mientras ponía al sapo en una vieja llanta de tractor partida por la mitad y llena de agua, donde suelen abrevar las gallinas en las horas de luz. El chiquillo había brincado de la cama. Se había bañado veloz, en la rústica ducha a la intemperie, con las estrellas brillando sobre su cabeza. Tomó su desayuno —una tacita de café, media tortilla changa—, se enjuagó la boca, y se fue alegre en su bicicleta, cuando el sol apenas insinuaba su llegada con resplandores sobre los cerros lejanos.

Héctor espera en la puerta del salón, con su sapo metido en la bolsa plástica, y lo moja de vez en cuando para mantenerlo cómodo. El sapo se agita en el interior, inquieto por tanto ajetreo. Uno a uno van llegando sus compañeros, y a cada uno le muestra su robusto sapo.

—¡Mira mi sapito! —le grita a cada uno que ve llegar.

La reacción es la misma cada vez: expresión de asombro, exclamación indecorosa, y la petición invariable, inmediata:

—¡Déjame verlo, déjame cargarlo! ¡Viste, Héctor!

Y Héctor que se rehúsa indignado, egoísta, dueño de la situación, regocijado en su interior por la envidia y el alboroto general. En torno a él y a su sapo, se va agrupando una multitud de chiquillos uniformados. Cuando llega la maestra Angélica, se asoma curiosa en la rueda de niños. Y tras el susto inicial, felicita al sonriente Héctor por su grandioso hallazgo.

—Está un poco viejo, Héctor, pero nos será útil —le dice, mientras le acaricia la cabecilla despeinada.

El niño, lleno de orgullo, asiente con la cabeza. La maestra abre la puerta. Los niños entran y toman asiento.

—Pongan sus sapos en la mesa, niños.

Una risita menuda recorre el salón. Los sapos salen de los bolsillos, las bolsas, los frascos, y son colocados sobre las mesitas de madera. Los niños que no tienen sapo, ya sea porque no encontraron o porque les dio asco agarrarlo, se mudan a la mesa de un compañero, o una compañera. Verónica no tiene. Héctor lo nota y la invita, con un gesto tierno, a acercarse a su mesa. La niña se levanta, sonríe y se sienta junto al rey del remanso, el enorme sapo que los mira asustado, inflando y desinflando el pellejo colgante de su cuello blanquecino. La maestra Angélica se pone de pie, y habla.

—Niños, hoy vamos a aprender de Bi-o-lo-gí-a… Biología es el estudio de la vida. Bio, vida. Logía, estudio. Biología. El estudio de la vida. Hoy vamos a estudiar la vida.

Héctor, boquiabierto, la escucha. Y trata de entender las palabras de la maestra, que se le antojan grandes y sabias. Se alegra de que el tema de la clase sea algo que él conoce muy

bien: la Vida. Él sabe mucho de la Vida. La ha
sentido muy cerca, ¡oh, sí! La ha observado en el
río, en la forma de diminutos peces plateados.
La ha palpado en el pelaje verde de las piedras
sumergidas. La ha sentido revolotear en las alas
de las libélulas juguetonas que oscilan sobre
el agua. La ha visto asustada en las perdices
del camino, que alzan el vuelo al escuchar
sus pasos menudos. Ha aspirado su aroma en
el suave perfume de las flores del monte. Ha
degustado su sabor en el néctar amarillo de un
mango maduro. Ha admirado sus colores en las
alas de las mariposas. Y su palpitar, en el cuello
de su sapo amigo, que se infla y desinfla como
el acordeón del viejo Chencho en las noches
de fiesta en el pueblo. La Vida... ¿No es la Vida
lo que humedece con rocío el potrero en las
mañanas, cuando él lo cruza en su bicicleta?
¿No es la Vida lo que arde en su piel cuando
el sol calienta sus juegos en el río? ¿No es la
Vida lo que se le atora en la garganta cuando
Verónica lo mira? Eso debe ser. Sí. De eso
hablará la maestra Angélica. De la Vida...

—Por eso les pedí que trajeran un sapo, un sapo joven. ¿Todos lo trajeron?

El *sí* de Héctor se suma a la cascada de *síes* que cae sobre la maestra. Pero grita tan fuerte que su voz falla y se convierte al final en un pitido largo, provocando una risa abundante en Verónica. ¡Héctor enrojece de pena!

—Eso veo, eso veo. Los felicito. Eso está muy bien. Héctor, tu sapo está un poco grande y viejo. Eso puede hacer un poco más difícil la experiencia. ¿Recuerdas que dije que debía ser joven?

Héctor vuelve a enrojecer. Que la maestra le reproche eso frente a la clase, especialmente frente a la niña, le avergüenza. No fue por olvido. Tuvo razones de peso para escoger ese sapo en vez de uno joven. Primero, ese sapo no es un sapo cualquiera: es el rey del remanso, el sapo más grande y bello del mundo entero. Segundo, él conoce muy bien a ese sapo, tan bien como se conoce a un amigo, y sabe que no lo decepcionará: ya sea en carreras o en nado, él será el vencedor. Y tercero, ¡ese es un tremendo sapo, aquí y en todas partes! Ningún sapito joven va a vencerlo en nada. Bien vale la pena soportar el regaño de la maestra. De todas formas, así su sapo conocería la escuela donde va todos los días. Había planeado durante la noche anterior, mientras el sapo nadaba en la llanta del tractor, que después de la clase de Ciencias lo llevaría de paseo por toda la escuela, con el doble propósito de causar envidia a mayor número de personas, y de mostrarle a su amigo sapo todos los secretos rincones del plantel. Por ejemplo, el cuarto de depósito donde guardan las herramientas, en donde el otro día encontró un ratoncito gris. O la pared en donde escribió el nombre de Verónica con un crayón rojo, encerrado en un corazón. O también el...

—Lo que vamos a hacer hoy, niños, es disecar un anfibio, en este caso un sapo, para estudiar sus partes internas. Vamos a ver, Héctor. Empezaremos con tu sapo. Como es viejo, te será muy difícil descerebrarlo tú. Déjame que yo lo haga.

Héctor, que divagaba mentalmente con su sapo por los pasillos de la escuela, reacciona un poco tarde. No había escuchado a la maestra.

—¿Cómo dice, maestra? —pregunta Héctor, apenado.

—Digo que vamos a disecar tu sapo primero. A ver, tráelo acá…

—¿A secarlo? Maestra, si lo seca se muere. Yo los he visto en las piedras del río, secos como un pedazo'e cuero.

—A secarlo no, Héctor. Dije a di-se-car-lo —explica la maestra.

El niño, que no había comprendido la diferencia, obedece por inercia. Se pone de pie, toma su sapo —el cual se queda mirando a Verónica un instante con sus ojos verde olivo— y camina hasta el pupitre de la maestra.

—Ahora, vamos a ver… —musita la maestra Angélica—. Quédate por aquí, Héctor, para que aprendas cómo se hace. Pongan atención, niños. Lo primero que se hace es agarrar esta aguja que está aquí, y penetrar con ella la médula espinal del sapo.

El chiquillo, al ver la aguja enorme resplandeciendo entre los dedos finos de la mujer, intuye el peligro, pero se refrena por respeto. Tal vez no es lo que él está pensando. Mejor es esperar. La maestra Angélica es buena. Ella no hará daño a su sapo.

—Mejor vengan acá todos. Acérquense, niños. Hagan un círculo a mi alrededor. ¡En orden, en orden! Bien. Lo primero, como les decía, es tomar la aguja con firmeza y colocarla aquí, justo aquí, sobre el cuello del sapo, para enterrársela con fuerza. Luego se la meteremos por el canal de las vértebras y ¡crac!, la giramos a una mano y a otra, para romper la espina y seccionar la médula. Entonces lo agarramos y lo ponemos boca arriba —dice la maestra, tomando el sapo y girándolo— para abrirlo con este bisturí, y estudiar su sistema digestivo, su sistema circulatorio y su sistema respiratorio... En fin. Todos sus sistemas. ¡Ah! Aquí les traje unas láminas...

La maestra deja al sapo tendido boca arriba, y toma unos rollos enormes de papel que había dejado en el piso. Héctor la sigue con la vista, espantado. Sus ojos enormes se hacen aún mayores al contemplar la lámina que la maestra colocó en el tablero, con cinta adhesiva, mostrando un sapo disecado, crucificado con alfileres y con las vísceras expuestas al aire.

—Ahora vamos a hacerlo nosotros. Miren acá, que la lámina no se va a ir. Pongan atención, que después les tocará hacerlo a ustedes solitos, y yo no los voy a ayudar. ¿Está claro? Veamos... el sapo de Héctor.

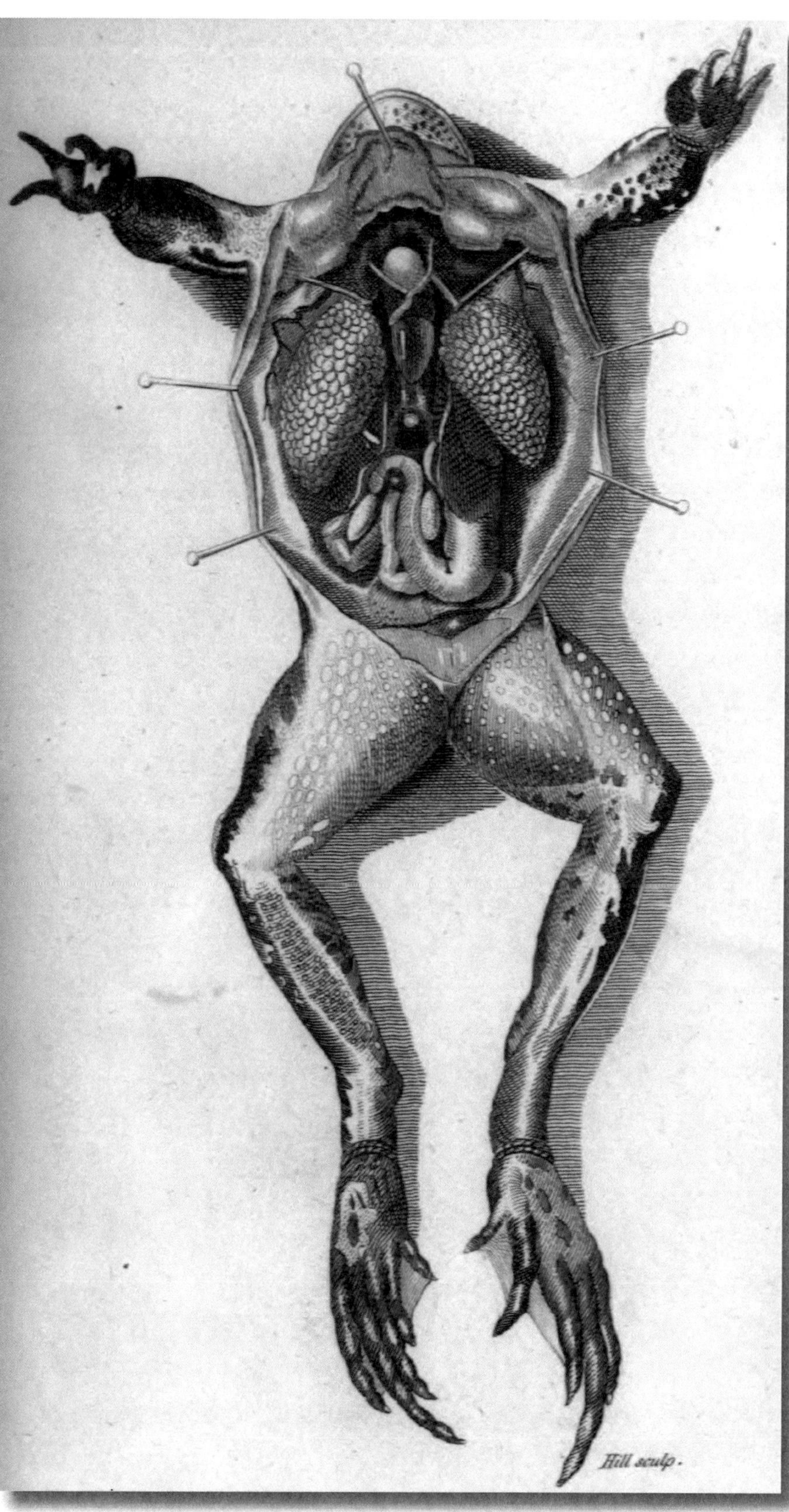
Hill sculp.

—¡Maestra! —grita Héctor, con lágrimas en los ojos—. ¿Qué va a hacerle a mi sapo?

—¿Qué te pasa, niño? ¿Por qué estás llorando? —pregunta ella, algo sorprendida—. Ya te dije, voy a disecarlo para estudiarlo con ustedes.

—Pero no... yo... yo no quiero. Usted dijo que íbamos a estudiar la Vida, no a matar a mi sapo.

—Es lo mismo. Para estudiar a los anfibios, tenemos que sacrificar algunos, para poder ver sus partes.

—No... yo no lo traje para eso... ¡Usted me mintió! —reprocha el niño llorando, al tiempo que arrebata el enorme sapo de entre las manos de la maestra—. Usted dijo que era para estudiar la vida, no la muerte...

Héctor sale corriendo del salón y huye velozmente en su bicicleta. Atrás queda la maestra, llamándolo a gritos.

N.E
Ti A.V GI.S.L
N.E.
E
I.L

El agua corre plácida, sin prisa, en el río. La espuma dibuja arabescos en sus remolinos. Las libélulas bailan sobre los herbazales. Un pájaro pechiamarillo brinca entre las ramas de un harino. Y tumbado a los pies del árbol, Héctor admira el jugueteo del pajarillo. Siente una rama que se quiebra, y mira atrás: Verónica. Ella lo saluda y se tumba junto a él.

—¿Todavía tienes al sapo?

Héctor se lo muestra, cautivo entre sus manos débiles.

—La maestra te anda buscando. Te puso *Fuga*, y dice que va a llamar a tu mamá.

El niño se encoge de hombros, y replica:

—No me importa. —Y riendo, agrega—: Mañana ya ni se acuerda.

—¿Te vas a quedar con el sapo?

—No. Esta es su casa. Ya voy a soltarlo en el río... donde lo cogí. Ven conmigo.

Caminan hacia el río.

—Mataron todos los otros sapos —relata la niña, con gesto de desagrado—. Fueron como veinte. ¡Puaj! Vieras qué asco...

Héctor baja la cabeza y guarda silencio unos minutos. La niña pone su índice en la barbilla caída, le hace alzar la vista, y le da un beso. Luego ambos estallan en carcajadas. El niño alza al sapo, y le mueve la patita para que se despida de la niña. La niña se despide moviendo su mano. El sapo, al primer contacto con el agua, comienza a batir sus patas desesperadamente, y se aleja nadando veloz. Los dos niños lo contemplan largo rato, hasta que lo pierden de vista en el fondo confuso del remanso. Siguen mirando, en silencio, la nada verde por donde había desaparecido.

—¿Quieres que te enseñe la
Vida, Verónica? —pregunta Héctor.

—¡Claro! ¿Puedes? —agrega ella, con su
voz dulce.

Él asiente con la cabeza. La toma de la mano
y camina junto a ella hacia unas florecillas
cercanas, en donde algunas mariposas
amarillas revolotean ansiosas.

Ansiosas como el corazón de Héctor,
quien lleva la Vida atorada en la garganta.

Fin

El cuento *Vida* fue fue calificado por el Jurado del
Premio Nacional de Cuento *José María Sánchez* 1999
como «una joya literaria digna de la más exigente
antología, por su calor humano, limpidez y
excelencia formal». Melquíades Villarreal Castillo
ha dicho que es «uno de los mejores cuentos que
se ha escrito en Panamá», añadiendo que «esboza,
de una manera sencilla, la esencia de la existencia
humana», y considera a su autor, «sin duda, uno
de los mejores cuentistas que tiene Panamá».
Enrique Jaramillo Levi lo describe como «una
especie de "clásico" de las nuevas generaciones
debido a su intensa vivencia humana, narrada
dentro de una estructura tradicional impecable y
mediante el uso de un lenguaje sencillo y de gran
precisión… lectura obligada para todo el que quiera
saber cómo se cuenta hermosamente un cuento».
La editora Mónica Mora —quien publica Vida
en 2022 como un libro ilustrado por Margarita
Cubino, bajo el sello de Perezoso Editores—
confiesa que, tras leerlo por primera vez, pensó que
era «lo más hermoso que había leído en mi vida».

Roberto Pérez-Franco

Nace en Chitré, Panamá, en 1976. Es el autor de cinco colecciones
de cuentos. Escribe *Vida* en 1998. En 2005 recibe el Premio Nacional
de Cuento *José María Sánchez* por su libro *Cenizas de ángel*. Obtiene
una licenciatura en Ingeniería Electromecánica de la Universidad
Tecnológica de Panamá, una maestría en Logística y un doctorado en
Sistemas de Ingeniería, ambos del Massachusetts Institute of Technology
(MIT). Tras doce años en Boston como estudiante e investigador en MIT,
emigra en 2017 a Melbourne, Australia, donde reside ahora junto a su
esposa y su hijo. Su obra mas reciente es *Antología Esencial* (2024).

roberto.perez-franco.com

Margarita Cubino

Nace en el barrio Villa Lugano, en Buenos Aires, Argentina, en 1989. Es ilustradora y diseñadora graduada de la Universidad de Buenos Aires, donde además enseña Ilustración Editorial y Diseño Gráfico. Ha ilustrado libros para editoriales de Argentina, Brasil y Estados Unidos. Comienza su carrera ilustrando en estudios de animación para canales televisivos, como Paka Paka, Encuentro, Nickelodeon y Cartoon Network, y participa en colectivos como el Anuario de Ilustradores, La vuelta al mes en 30 ilustradores, Arenero y el colectivo feminista de diseñadorxs Hay Futura.

www.margaritacubino.com

Cuento de Roberto Joaquín Pérez-Franco (1998)
roberto@perez-franco.com
roberto.perez-franco.com

Ilustraciones de Margarita Cubino (2022)
hola@margaritacubino.com
margaritacubino.com

Lámina anatómica de rana disecada: Hill (1802)
Tomada de *General Zoology*, Vol 3, Part 1, Plate 30

Sobre la primera edición
La primera edición de *Vida* fue preparada en 2022
por Perezoso Editores en Ciudad de Panamá, Panamá.
- Edición: Mónica J. Mora
- Dirección de arte: Román Flórez M.
- Diseño gráfico y diagramación: Juan A. Tarté
- Agradecimientos a Randy Navarro B.
perezosoeditores@gmail.com

Sobre esta segunda edición
Esta segunda edición de *Vida* fue preparada en 2024
por Roberto Pérez-Franco en Melbourne, Australia,
bajo su sello Zirie, en alianza con Perezoso Editores,
basada en la hermosa primera edición de esa casa.
El autor agradece a Mónica Mora y Margarita Cubino.
correo@zirie.art   *www.zirie.art*